Une journée
en forêt

À Chloé et sa maman Isabelle,
vive les promenades en lecture,
en bord de mer ou en forêt !
M.

www.flammarion-jeunesse.fr

Couleurs : Emmanuel Ristord et Sarah Murat

Éditions Flammarion – 87, quai Panhard-et-Levassor – 75647 Paris Cedex 13
ISBN : 9782080236104 – N° d'édition : L.01EJEN001873.N001
Dépôt légal : août 2021
Imprimé en Espagne par Liberdúplex – juillet 2021
Loi n° 49-956 du 16 juillet 1949 sur les publications destinées à la jeunesse

Une journée en forêt

Texte de
Magdalena

Illustrations
d'Emmanuel Ristord

CASTOR POCHE

Basil
Réda
Samir
Léo
Selma
Alice
Lou
Fatou
Tim
Mia
Noé
Léa
Ana
Téo
Bob
Luc
Notre classe de CE1

Après l'histoire, tu trouveras des jeux et des activités page 34 !

Jeudi, en fin de journée,
Maître Luc rappelle à ses élèves :
« N'oubliez pas, demain c'est la sortie
en forêt ! Prenez un chapeau,
une tenue confortable
et de bonnes chaussures !
– Des tongs, on peut ? demande Tim.
– Non ! s'écrie la classe à l'unisson.
– Je blaguais ! bougonne Tim, vexé.
– Et pensez bien à votre pique-nique
et à votre gourde d'eau ! »
conclut Maître Luc.

Sur le chemin du retour de l'école,
Mia demande à Noé :
« Tu crois qu'on verra des sangliers en forêt ?
– J'espère pas ! répond Noé.
– Pourquoi, c'est dangereux ? s'inquiète Mia.
– Oui, dans un documentaire, ils ont dit
que si on croise une maman sanglier
avec ses marcassins, on est fichus :
le papa sanglier nous foncera dessus
pour défendre sa famille ! »

Mia frissonne, peu rassurée.
« T'inquiète, intervient Réda.
Hier, Jamal et Atzuko, les animateurs
du centre aéré, m'ont dit qu'ils venaient
avec nous en forêt. Ils nous défendront ! »

Le lendemain, Maître Luc rassemble
ses élèves à la descente du car.
« Pouvez-vous répéter à Atzuko et Jamal
les règles à suivre en forêt ?
– On reste groupés pour ne pas se perdre !
dit Mia.
– On ne pollue pas, on récupère ses déchets,
dit Lou.
– On ne laisse rien par terre
après le pique-nique, ajoute Alice.
– Tu dis pareil que moi ! remarque Lou
en haussant les épaules.
– On n'abîme pas les arbres, dit Noé.
– On n'arrache pas les bourgeons,
ajoute Léa.
– Ni les branches, complète Ana.
– Et on obéit à Jamal et Atzuko,
comme à moi ! » conclut Maître Luc.

Tout en marchant, Jamal raconte aux élèves qu'il veut devenir garde forestier.
« J'étudie les arbres des racines jusqu'aux cimes !
– Tu sais reconnaître toutes les espèces, alors ! dit Selma, admirative.
– Presque toutes. Ici, il y a des feuillus, qui ont des feuilles, et des conifères, qui ont des aiguilles. »

Réda lui tend deux feuilles qu'il a ramassées.
« C'est quoi ? demande-t-il.
– Celle-ci, c'est une feuille de chêne, et celle-là, en forme de cœur, c'est la feuille d'un tilleul, répond Jamal sans hésiter.
– Et cette plante qui s'enroule autour du tronc ? demande Tim.
– Du lierre, il peut même étouffer l'arbre quand il y en a trop. »

Jamal continue les explications,
content de partager ses connaissances
avec les élèves.

Alice n'écoute que d'une oreille,
elle est déjà fatiguée de marcher.
« Tu crois qu'on va traverser toute la forêt ?
demande-t-elle à Lou.
– Ouch, j'espère que non ! » lui répond
sa copine, qui en a marre elle aussi.

Au bout d'une heure, le chemin débouche sur une immense clairière.
Les CE1 s'assoient pour pique-niquer.
« Ben, t'as quoi là-dedans ? demande Fatou qui trouve le sac à dos de Samir énorme.
– Regarde, j'ai agrandi ma collection de pierres. »

Samir fouille dans son sac pour en sortir ses chips.
« Zut, elles étaient au fond, elles sont en miettes, s'écrie-t-il, déçu.
– Ben normal, elles ont été super écrasées », glousse Fatou.
Puis elle lui tend son paquet en disant :
« On partage, si tu veux. »

« J'ai trop faim ! » dit Tim
en ouvrant son sac avec impatience.
Mais au fur et à mesure qu'il cherche,
son visage se décompose.

« Oh non, s'écrie-t-il, je me suis trompé !
J'ai pris mon sac avec mes affaires de sport
au lieu du sac avec le pique-nique.
Mais ouf, j'ai de l'eau ! » ajoute-t-il, soulagé,
en brandissant sa gourde.

Le groupe éclate de rire.
Heureusement, Maître Luc a de quoi
nourrir l'étourdi.
Et Mia, qui a deux desserts, lui en offre un.

Tout à coup, Basil se lève d'un bond
et se met à courir en secouant sa jambe.
Il crie :
« J'ai des fourmis dans mon short !
– Je crois que tu t'es assis
sur une fourmilière », constate Selma
en l'aidant à secouer ses affaires.

Jamal imite Basil en chantant :
« C'est la danse des fourmis,
Qui piquent, qui piquent.
C'est la danse des orties,
Qui piquent aussi. »
Et tous dansent comme lui en riant.

Après le déjeuner,
Téo et Léo se mettent à l'écart du groupe.
Armés de branches,
ils commencent un combat.

Maître Luc les repère tout de suite
et les arrête.
« Stop, mauvaise idée.
Vous allez vous blesser !
Profitez de cette pause pour jouer
calmement ou pour vous reposer un peu
avant de repartir. »

Bob, Samir, Fatou et Selma ne sont pas fatigués. Ils jouent au ballon.
Bob l'envoie si haut qu'il reste coincé au sommet d'un arbre.
Samir secoue des branches pour le faire retomber.
« Ça ne marche pas ! »

Atzuko vient alors à leur secours.
Tel un écureuil, elle grimpe de branche en branche et récupère le ballon.
Les enfants la regardent, les yeux écarquillés.
« Wahou ! dit Samir.
– Vous ne devez pas faire comme moi, hein, c'est dangereux, vous pourriez tomber. »

De leur côté, Noé et Mia fabriquent
des couronnes de fleurs avec des brindilles,
des feuilles et des brins d'herbe.
Quand elle a fini, Mia vient déposer
sa couronne sur la tête de Jamal.

Non loin de là, Ana effeuille une pâquerette
en lançant les pétales sur Tim.
Elle énumère :
« Tu m'aimes un peu, beaucoup,
passionnément, à la folie !
– Ou pas du tout ! » réplique Tim
en soufflant sur les aigrettes d'un pissenlit.
Cela fait éternuer Réda.

Après avoir ramassé leurs déchets,
les CE1 repartent.
Bientôt, ils arrivent devant un ruisseau.
« Vous allez traverser les uns derrière
les autres, en marchant sur les pierres
qui sortent de l'eau, annonce Maître Luc.
– Oh, super, on se croirait
dans un jeu vidéo ! » dit Bob
qui se lance le premier.

Tous sont excités par l'exercice d'équilibre,
sauf Mia qui a peur de glisser
et demande de l'aide à Atzuko.

Tim est le dernier à traverser.
Il s'amuse à avancer les yeux fermés,
pour faire rire ses copains. Mais plouf !
il met un pied à côté de la pierre
et se retrouve la chaussure pleine d'eau.

« Tu as bien fait de prendre ton sac de sport,
tu vas pouvoir changer de chaussures »,
se moque gentiment Maître Luc.

Pendant le dernier kilomètre,
la fatigue se fait sentir.
Samir a de plus en plus de mal à avancer,
avec son sac trop lourd pour lui.
Il n'est pas le seul à râler.
« J'ai mal aux pieds, dit Fatou.
– Et moi, j'ai envie de faire pipi !
annonce Ana.
– Y a des moustiques ! se plaint Lou.
– On goûte quand ? » demandent Téo et Bob.

Pour leur changer les idées,
Maître Luc invente une chanson.
Les élèves reprennent le refrain après lui :
« Dans la forêt, on est allés,
De la forêt, on est rentrés,
Décoiffés, piqués et fatigués.
Mais on s'est tous bien amusés,
Vive les sorties en forêt. »

Je joue pour bien comprendre

1 **Trouve les 5 erreurs** dans ce résumé du livre.

Les CP font une sortie en forêt. Mia a peur de rencontrer des loups. Le midi, ils pique-niquent dans une clairière. Tim s'est trompé de sac, il a pris ses affaires de piscine ! L'après-midi, ils traversent un ruisseau. Bob fait l'imbécile, il met le pied dans l'eau. À la fin, tous sont bien reposés !

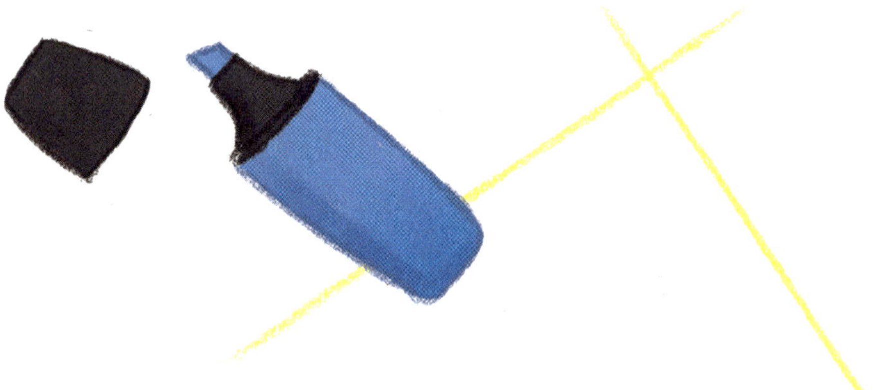

Réponse : CP = CE1 ; des loups = des sangliers ; piscine = sport ; Bob = Tim ; reposés = fatigués.

2 Qui fait quoi après le pique-nique ?
Associe chaque activité au bon personnage.

1. Jouer au ballon.
2. Fabriquer une couronne de fleurs.
3. Souffler sur les aigrettes d'un pissenlit.
4. Faire un combat avec des branches.
5. Effeuiller une pâquerette.

a. Téo

b. Ana

c. Noé

d. Tim

e. Fatou

Réponse : 1-e, 2-c, 3-d, 4-a, 5-b.

Je joue dans la forêt

1 **Trouve les intrus :** les éléments qui n'ont pas leur place dans une forêt.

Réponse : les intrus sont la vis, le pneu, l'agneau et la poule.

2 Le sais-tu ?

Au contraire des arbres feuillus, les conifères n'ont pas de feuilles, mais des aiguilles. Ces dernières ne tombent pas à l'automne. Les conifères doivent leur nom à leurs fruits en forme de cône. On les appelle aussi « résineux », car ils produisent de la résine.

3 Et toi ? Raconte...

As-tu déjà été te promener en forêt avec ta classe, tes parents ou des amis ? As-tu croisé des animaux ? Lesquels ? À quelle saison préfères-tu découvrir la forêt : l'hiver sous la neige, le printemps avec ses fleurs, l'été pour pique-niquer à l'ombre ou l'automne pour les couleurs des feuillages ?

Retrouve les histoires de **Je suis en CE1** pour t'accompagner tout au long de l'année dans la maîtrise de la lecture autonome.

Premier jour de classe

À la bibliothèque

La photo de classe

Une dent perdue

Opération jardinage

Allez les champions !

Au poney-club

Tous à vélo !

Billes, toupies et compagnie

T'es plus ma copine !

La gorge qui grattouille

Maître Luc est amoureux

Visite au musée

Téo a une petite sœur

Selma veut danser

Le voyage à Paris

Sortie à la patinoire

Une journée en forêt

Quelles histoires as-tu déjà lues ?
Quelle est ta préférée ?
Lesquelles aimerais-tu lire ?

Découvre aussi

Les maths du CE1
3 titres parus

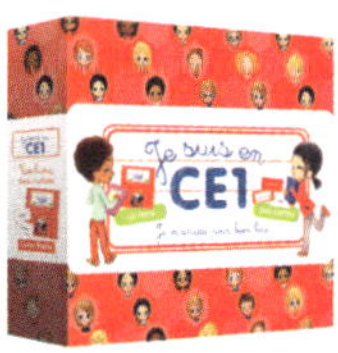

Je m'amuse pour bien lire

Les nouveaux copains

Si tu veux contacter l'auteure,
tu peux aller sur son blog :
www.magdalena-auteur.com